AF436003

PAOLA MARIA RAIMONDI

"Venti (d')Incontri"
e altre ballate

◆

EDIZIONI WE

Immagine di copertina dell'artista Paola Maria Raimondi
Fotografie delle "Piume" di Gaia Diana Dalia Gulizia

ISBN   979-12-5497-054-6

PREFAZIONE
di Gaia Diana Dalia Gulizia, artista

Paola è voce che esprime Bellezza, calda, delicata, e potente al tempo stesso, come un raggio di sole.

Paola è mia madre, e radice di ogni ispirazione che ha preso corpo nel mio percorso umano e artistico.

Paola mi insegna a essere officiante della Bellezza che ammanta la vita attraverso l'arte, che di essa è sua celebrazione e ricreazione, oltre la superficie polverosa del quotidiano.

Venti (d') Incontri è una strabiliante giostra volante, un ventaglio arioso di ritratti che narrano il sacro gioco del vivere, tramite personaggi che sono archetipi di vizi e virtù dell'Umanità che chiede di essere riconosciuta e abbracciata in ognuno di noi.

Questa raccolta di brevi quadri-racconto, solo apparentemente svagata, racchiude in nuce la storia degli incontri umani, il miracolo del loro accadere, del loro farsi e maldestramente disfarsi (o "distrarsi"), portando in questa vorticosa gincana un insegnamento sempre nuovo.

Possiamo leggere con occhi profondi e levità insieme, godendo della voce canterina delle parole che Paola ha confezionato con maestria e raffinatezza, e così concederci un volo spensierato in un cielo sgombro di pensieri.

Qualunque sarà la vostra scelta, vi prometto che ne riceverete in dono il Sorriso.

Gaia Diana Dalia Gulizia

PREFAZIONE
di Stella Romanelli, coaching artistico

Per parlare di Paola e della sua arte, servirebbe un'enciclopedia. Decisamente è una persona colorata e vivace, colta e piena d'interessi, fra cui la recitazione. Questa però, fa parte di lei.

Nello spettacolo " Scandalosa Marquise", ricordo che diede corpo a tutti i personaggi con intelligenza, forza, ironia, leggerezza e una sana vena di follia, quella follia propria degli artisti, capaci di trasmettere a tutti, i mondi che vivono di fianco al nostro, ma più colorati.

Da questo punto di partenza, Paola ha preso un personaggio e gli ha chiesto di rivivere, portando così il lettore in nuove avventure, nell'incontro con diversi personaggi della storia.

Queste ballate, però, non comunicheranno pesantezza, né i cenni storici risulteranno aridi.

Al contrario, poiché Paola, in queste pagine recita, come reciterebbe a teatro.

Vi arriveranno per intero l' energia e il calore, la gioia e la leggerezza, che vi porteranno per mano a guardare i personaggi della Storia con occhi diversi.

Queste ballate si trasformeranno in un tappeto magico, così da riempirsi di meraviglia, osservando tutto da un'ottica magica.

Paola è una persona molto colta, che ha sempre ampliato le sua cultura in molti aspetti, attraverso l'arte, le letture, la pittura (ma è rischioso andare a una mostra con lei, poiché resta incantata per un tempo biblico davanti a ogni quadro, quasi a volerne assorbire l'essenza). Dico ciò con un rispettoso sorriso, perché non si può pensare a Paola e non sorridere.

Sono poche le persone che hanno il dono della leggerezza, sì, perché c'è differenza fra superficialità e leggerezza e a Paola di sicuro appartiene la leggerezza e di questa ne raccoglierete una messe, durante la lettura.

Sarà un caro amico questo libro, lo leggerete una prima volta, poi lo terrete a portata di mano, per ritrovare quel sorriso e quell'allegria che nella vita di tutti i giorni, mancano tanto!

Stella Romanelli

PREFAZIONE
di Roberta Vergani, director

Paola e la sua unicità, che indossa sempre qualcosa di vistoso: una collana colorata, degli orecchini sgargianti, un anello con pietra, una borsa particolare.

Paola e la sua casa disordinata, disseminata di libri e di dipinti.

Paola e il suo amore per i viaggi, smisurato per l'arte e immenso per la musica.
Paola e i suoi scritti: le sue opere attraversate dalla malinconia, dalla esuberante vitalità e dal desiderio.

Paola e le sue nude poesie d'amore.

La forza dirompente del dire e del celare.

I suoi versi che feriscono e poi leniscono.

Paola e la fortuna di incontrarla.

Roberta Vergani

Paola Maria Raimondi

Venti (d')Incontri

◆

Ballate comico Surreali

Dedico queste ballate a tutte le donne che, come piume,
vengono sollevate dal vento dell'amore.

PREFAZIONE A VENTI (D')INCONTRI
di Giovanni Nuti, cantautore

Il personaggio dell'*Ultima Divina* è una mia creazione, ispirato e cucito addosso a Paola Raimondi, "scandalosa Marquise".

Per primo ho intuito il lato folle e istrionico della sua personalità e l'ho incoraggiata ad esprimerlo sul palcoscenico.

Nella carrellata di donne che interpreta nella mia piéce - da Irma la puttana "che ci mette la firma" alla Morta risorta che va di porta in porta ad avvelenare le ignare casalinghe offrendo loro la sua torta - l'Ultima Divina ha un che di candido e malizioso insieme. Come un'attrice di vecchia scuola (sul viale del tramonto), è lusingata dall'attenzione dei sommi poeti, flirta persino con loro, ma alla fine oppone loro il "gran rifiuto" perché in fondo non si fida più degli uomini.

Dopo Dante, Petrarca e Boccaccio altri personaggi, storici e mitologici, bussano ora alla sua porta in dialoghi impossibili scritti dalla penna vivace e fantasiosa di Marquise nel solco del mio testo originale - da Manzoni a Monet, da Narciso ad Arlecchino - ma l'Ultima Divina tiene stretta la sua chiave che è fatta di ironia, distacco, gioco, senza concedersi mai, perché le Divine si lasciano ammirare ma non toccare: nei troppi contatti perderebbero il glitter del loro fascino.

Spero che il pubblico leggerà col mio stesso affetto e divertimento queste pagine auspicando di vedere presto l'Ultima Divina calcare di nuovo le assi scricchiolanti e respirare ancora la polvere dorata del teatro con un tuffo al cuore, le luci negli occhi e il grande buio palpitante della platea davanti a lei.

I "GRAZIE DELL'AUTRICE"
di Paola Maria Raimondi

Voglio rendere un "Grazie" a quattro persone che in maniera diversa hanno contribuito alla tessitura della mia opera.

Devo a mio padre Fulvio il gusto e il piacere della rima.

La domenica mattina per me era una festa attendere la sorpresa, (già indovinata e pregustata con trepidazione) del giornalino "Il Corriere dei Piccoli", che mio padre faceva trovare a me e a mia sorella Lorenza, occhieggiante tra le scansie del negozio di nostra proprietà.

Così aveva inizio il magico rito della Lettura: recitata da mio padre.

Le avventure del signor Bonaventura, che mi abbagliava gli occhi con il colore rosso delle sue smisurate scarpe e della giacca a due code da uccello esotico, (una versione di Pinocchio, amore coltivato nel tempo del mio immaginario); mi divertivano come un gioco colorato, un aquilone che parte per il cielo di paesi più fantastici che reali.

E il bigliettone della fortuna finale aveva per me dimensioni insperate, ma forse possibili, chissà...

Molto più avanti negli anni, come due linee parallele destinate a incontrarsi, ho conosciuto un artista poliedrico, Giovanni Nuti, che oltre alla vena lirica, racchiude in sé quel felice sarcasmo, quel gusto della satira tra agro e dolce, quell'attitudine al gioco, che ha risvegliato la mia.

Forse, senza saperlo, è stato un potente catalizzatore di energia creativa.

O, come qualche volta si è definito, ha avuto la funzione di una levatrice che aiuta il parto.

E così mi sono vista "uscire" nella recitazione, in nuove forme di espressione che tenevo rannicchiate come bimbi nel mio grembo, desiderosi di spazio e di voce.

L'altro, non ultimo tributo, lo devo a Luigi Gulizia, mio marito: alla sua concretezza, al suo incoraggiamento a rendere materia viva ciò che ho scritto sulla carta e che mi è sortito dal cuore e dal sale della sana follia che siede dentro ognuno di noi.

E ora un "Grazie Gaia!" a mia figlia, l'eccelsa mia creazione, che mi ha dato il "LA", proferendo un giorno le semplici, propulsive parole: "Perchè non un libro?".

PERCHÈ QUESTO TITOLO
di Paola Maria Raimondi

Ho ideato questo titolo perchè gli Incontri tra l'Ultima Divina e i vari personaggi sono, appunto, in numero di venti.

Ho sempre pensato - o immaginato - che il vento, elemento d'aria, volatile e libero, possa diventare messaggero d'amore.

E che così, ogni incontro abbia origine da una ventata che muove all'incontro, che dà vita agli incontri.

Dedico queste ballate a tutte le donne che vengono sollevate dal vento dell'amore.

INTRODUZIONE
di Paola Maria Raimondi

Nella commedia tragicomica "Scandalosa Marquise" che Giovanni Nuti ha scritto per me e che ho rappresentato a Milano con trepidazione, entusiasmo e tante briciole di sana incoscienza, un personaggio che ho amato ha il nome di "Ultima Divina".

Si tratta di una Divina rabberciata, strampalata, che si crede in onore di gloria e di allori: è un personaggio con le macchie (e strappi all'abito e guanti bucati); e senza onori.

Ma è un personaggio in fondo commovente, fragile, poetico e patetico.

Essa sogna, come fossero reali, incontri stra/lunati con i tre sommi poeti: Dante, Petrarca, Boccaccio, che attirati dalla sua presunta grazia le fanno visita.

Ne sortisce un monologare tra l'impietoso e il folle, un trittico a tinte forti e scarmigliate.

Da questi incontri nascono tutti gli altri: per ridere o sorridere.

L'Ultima Divina viene "onorata" da una sorta di "rivisitazione": a lei accorrono, attratti dal suo folle e disarmato misticismo, volti e personaggi che hanno segnato i Passi della Storia.

Da questi incontri, vere e proprie dis/avventure amoro-
se, convegni attesi e disattesi poi nei fatti, esce vitto-
riosa la Divina, che si fa beffe di onori ed allori, di"ec-
cellenze" e di imperatori.
Poichè è il Sogno che riesce a salvarsi; e la via di fuga
è sempre la Risata.

L'Ultima Divina: Monet

Stavo lavando
vesti e mutande
nel mio mastello,
con l'acqua a rovesci.
E nella vasca dei pesci
gracidava una rana
imperiosa, bella come una rosa,
posata su una ninfea.

"Ma che idea!",
ho pensato io.
Ed ecco,
che con il cappello di paglia
in testa,
e un pennello da pittore
come una lancia in resta,
Monet vedo apparire,
dal folto del giardino provenire.

"Sarà un impressionista,
ma alla vista
mi dà l'impressione
di un imbianchino...".

Lui mi vede,
mi guarda
e vuole portarmi
al lago di Garda.
È convinto che laggiù
tutto sia blu;
che le ninfee
sboccino sull'acqua
numerose come sorelle.

"Ma non ti sei stufato
di dipingere fino a
perdere il fiato?
Lo mangi un gelato?"

"Non ho tempo
per mangiare.
Voglio piuttosto
trasformare il tuo giardino:
metterci un ponticello
e renderlo più bello.
Trapiantare, seminare,
così non mi devo allontanare.

Giorno e notte dipingerò,
finché vista avrò.
Oh, bella dea,
vuoi essere la mia Ninfea?"

Ammetto che mi sono
sentita lusingata,
ma di fiutar vernici
tutto il giorno...
che mi venisse un colpo!

Gli ho detto una bugia,
sorridendo gli ho
indicato la via:
invece di farlo
restare qui,
l'ho rimandato
a Giverny.

L'Ultima Divina: Alessandro Manzoni

Il Manzoni,
quell'Alessandro
che dell'Italia è vanto,
è spuntato
dal mio mobile di palissandro.

Lì ci tenevo un libro,
forse da quello è uscito.
"Mi sembri un po' ingiallito
e anche rinsecchito!",
ho esclamato io.

Lui, fatto capolino
e pure l'occhiolino,
mi ha chiesto un po' di pane
per un parco spuntino.

"Non è che i bravi
ti hanno rapito?
Mi sembri dimagrito,
e incartapecorito!"
"Non sono i bravi
ad avermi ghermito,

ma i promessi sposi
alla lunga son diventati noiosi.
In combutta con il curato
passano il giorno
a interrogare il Fato.

Matrimonio sì,
matrimonio no...
io in questo dilemma
proprio non ci sto.

Avevo deciso
di prendere il largo,
ma sul lago ho avuto un abbaglio.
Credendo di arrivare a Monza,
sono giunto all'isola di Ponza.

Lì ho trascorso
due secoli e due anni.
Stavo diventando come
un barbagianni,
tra patimenti e malanni.

"Ma poverino,
il mio Alessandrino!
Vuoi dormire
nel mio comodino?"
E mentre ciò gli proponevo,
a chiave lo rinchiudevo.

Devo ammettere
che sono illetterata
e a scuola sono stata
sempre bocciata.

L'Ultima Divina: Arlecchino

Arlecchino, birichino,
mi è sceso giù dal camino,
proprio come uno spazzacamino.

Ma il suo vestito,
che allegria!
Pieno di colori
da fare invidia ai fiori!

Gli ho tolto qualche macchia,
che mi pareva bislacca,
un po' di cenere e un pidocchio
che gli saltava all'occhio.

Lui mi ha sorriso
e mi ha chiesto...
una minestra di riso.
"Con tutti gli spaghetti
che ho mangiato
insieme agli sgambetti,
io la Commedia dell'Arte
ho abbandonato.
Più non faccio il giullare:
rischiavo con le botte
di finire all'ospedale."

"Strepitosa Divina,
salvami dalla rovina!
Dividiamoci il tetto
e chissà mai...
in futuro anche il letto.
Per ora non ho denaro,
ma con te non sarò avaro".

"Fossi matta!"
gli ho risposto io.
I miei risparmi
me li godo io.
Se più non fai l'attore,
chiamo subito l'esattore.
A furia di non pagar le tasse,
mi svuoteresti le tasche!

Ritorna pure al tuo teatro,
fai sberleffi da ogni lato,
e accontenta il tuo palato."

L'Ultima Divina: Narciso

Guardate un po'
il mio viso.
È diventato…
un narciso!
Ora vi racconto
come è andata,
(ma che giornata,
ma che giornata!).

Passeggiavo
lungo il canale
e, veramente,
sognavo
di essere al mare.
Ed ecco che
mi sento dire:
"Narciso bello,
tu sei mio fratello!"

Tendo l'orecchio,
mi giro,
e mi trovo davanti...
Narciso!

Narciso, sì,
dalle belle guance,
arrivato quaggiù:
in carne, ossa
e mutande!

Libero era
di andare e venire,
ma prigioniero
delle sue chimere,
invece di bere…
si rifletteva
nelle acque scure
e tra le canne
si dava alle cure:
termali, no,
non crediate;
erano cure
fatate.

Mi getta a terra
e mi dice:
"Sorella!".

Poi mi cosparge
il viso di fiori,
si batte il petto,
e con tutti
gli onori,
mi fa:
"Principessa,
io sono Narciso
e tu sei
il mio viso,
riflesso nell'acqua
preciso preciso!"

Credeva
che fossi
il suo specchio
e mi versava addosso
l'acqua dal secchio.
Mi sono
tutta infradiciata
e perciò
sono scappata
con la gonna
rialzata.

L'ho lasciato
che mangiava
i narcisi:
credeva
di aver cento visi.

L'Ultima Divina: Caino e Abele

Caino e Abele,
tutte le sere,
li sorprendo
a litigare.
Gli batto
alla parete,
ma non c'è
niente da fare:
è un continuo battibeccare!

Essendo io
l'ultima Divina,
hanno deciso
che sarei diventata
la loro vicina.

Lasciato
il tempo dei primordi,
così zeppo
di rimorsi,
preferiscono
seminare gli orti.

Ci coltivano
l'insalata
e se la gustano
con la frittata.

Mi invitano
ad assaggiare
i loro portenti
e in quel momento
non si cavano più
i denti.

Ai sacrifici
hanno rinunciato:
"Quel che è stato,
è stato."
Nulla da dire
a caval donato.

Caino
è il più carino.
Abele
è proprio un miele.

Di entrambi
mi sono innamorata;
non è per dire
(mi sono ben
informata)
ma il nostro
Dio Signore,
poteva essere
un po' più imparziale
e lasciarli liberi di fare?

Orbene,
or ora,
grazie a me,
via tutte le colpe,
ci beviamo
un buon tè;
e, se pur
litigano ogni tanto,
possono darsi vanto
di dormire
ogni sera

contendendosi
i biscotti
Galbusera,
senza pericolo
di bufera!!!

L'Ultima Divina: Chopin

Chopin
nel mio salotto
usa un motto:
"Mi metto
in panciolle,
mi mangio
le ciambelle…
e addio,
si bemolle,
addio alle note
mie sorelle:
non mi garbano
le zitelle!"

Mi viene
a trovare
di lunedì
che è il più lunatico
di tutti i dì.
E io rassetto di là e di lì.

E, ovviamente,
danza alla luna

e crede di far
bella figura.
Poi canta
canzoni stonate,
le note sembra
averle dimenticate…

Nel plenilunio
di giugno,
invece di
comporre notturni,
mi invita a girar
per i suburbi.
Ama
le ombre e gli anfratti,
rincorre
tutti i gatti;
e se quelli
salgon sul tetto,
gli lancia dietro
il suo berretto.

Ha un berretto da notte
mica male
(gliel'hanno donato
in ospedale)
e usa persino
il pitale!!!
Mi chiama
Georgette
e vuole toccarmi
…le vette!

Per spegner
la sua passione,
lo conduco con me
in processione.
Anche lì,
tra tutti i fedeli,
lui ha in mente
soltanto
di inseguire
i gatti neri.

L'ultimo lunedì
che è venuto,
si è messo
a cantar
dentro un imbuto;
poi è salito
sopra il pianoforte
e ha intonato:
"Note e note,
venite a frotte,
di voi me ne frego,
per sempre:
buonanotte!"

L'Ultima Divina: Merlino

Io e il mago Merlino,
dalla boccuccia
a cuoricino,
giochiamo a carte
al tavolino:
precisamente
a carte e quarantotto
e gareggiamo
a chi vince
al lotto.

Indovini tu
o indovino io?
"Maghino Maghello,
questo gioco
è proprio bello!"
Le carte del mago
non sono
i tarocchi:
egli i segreti
trae
dai miei occhi.

Perciò ne ha
molta cura;
porta con sé
le erbe
e con un impiastro
lui…
me li tura!
"Ma dai, Merlino,
non fare il cretino,
chè debbo
lavarmi.
Versa l'acqua
nel catino!".

Per celebrare
il nostro sodalizio
(il gioco a carte,
si sa,
diventa un vizio),
al Luna-park
mi ha portata.
Al tirassegno
abbiamo fatto

una puntata;
infine
sulla ruota gigante
siamo saliti
e Merlino
se ne è partito
verso altri lidi.

L'Ultima Divina: Napoleone

L'altro ieri mattina,
sulla panchina,
ho trovato,
fermo
come un monumento,
Napoleone
che si grattava
il mento.

Io mi sono avvicinata
e una mano
gli ho baciata;
lui ha infilato
la destra
nel bavero della giacca
(era proprio diaccia);
e, scrutando l'orizzonte,
mi ha rivelato
che è crollato
un ponte.

"Un ponte?"
ho domandato io.

"Certo!
E la battaglia
è in forse.
Ma le forze fresche,
da dietro le frasche
arriveranno
con le loro fiasche."

"Fiasche di che?
Forse di vino?"
"Macché di vino;
divino
son io!"
"Mi perdoni,
Napoleone,
lei è caduto
nella fossa del leone.
Divina
spetta a me;
chi si crede:
d'esser re?"

Mi ha guardata
costernato
e ha volto
il viso
dall'altro lato.

A questo battibeccare,
una cornacchia
di tra le fronde
si è messa
a gracchiare
come una comare.
Sembrava divertita
a seguir questa partita.

Alla fine
siamo giunti
a un patto:
"Siamo di sangue blu,
sia io che tu!":
ha pronunciato
le fatidiche parole.

Poi si è alzato
come un vero soldato;
e ha cominciato:
"Ah, Giuseppina,
ah, Giuseppina!…"

"Che piva!
Me poverina!"
Gli ho detto:
"A questo mondo
nessuno
è perfetto.
Caro signor
Napoleone,
mi faccia
il santo piacere,
continui pure
a battagliare,
ma, per carità,
non mi venga più
a trovare."

L'Ultima Divina: Proust

Io e Proust
abbiamo passeggiato
gustandoci un gelato.
Lo scrittore,
che ha fiuto sopraffino
(a chilometri di distanza
sente l'odor del pino),
ora di memoria
non ne ha molta,
visto che
il sindacato
ha decretato
la settimana corta.

Delle "madeleines"
si è stufato
(preferisce
il formaggio grattugiato),
e pure
di stare imprigionato.
"Evviva lo sciopero!"
ha inneggiato.

La ricerca
del tempo perduto
l'ha smarrita.
Gli è scivolata
come sabbia
tra le dita.
Delle fanciulle in fiore
gli è rimasto
il pistillo
e, appena beve vino,
diventa brillo.

Mi guardo bene
da offrirgli un biscotto
(per di più ha
un dente rotto):
non si sa mai…
rischierebbe
di svenire
e non voglio
subirmi le sue ire!

"Marcello, Marcellino,
Marcelluccio,
vuoi che un'arancia
io ti sbuccio?"
Ma lui ha l'uzzolo
di uscire;
data la lunga
permanenza nella stanza,
di stare al chiuso
ne ha più che abbastanza.

Camminiamo camminiamo
in abbondanza…
Ma appena avverte
l'odore
di una magnolia
in fiore,
scoppia in pianto
di schianto,
una penna
mi chiede
e proprio
non mi vede.

Io divento
trasparente;
di amoreggiare,
niente!
Sangue di scrittor
non mente!!!

L'Ultima Divina: Amleto

L'Amleto mi viene
a tampinare
tutte le volte
che è preso da malessere
per la sua ossessione
dell'*essere o
non essere*.

E io:
"Un po'
di bon ton!
Segui l'invito
di Fromm:
non più
- essere o non essere -,
ma - essere o avere -!
Intanto gustati
un budino alle pere!"

Io, per diletto,
batto sul tamburo…
… e lui …
la testa al muro

(brutti colpi
di sicuro!);
poi sfoglia
la margherita
che tiene fra le dita…
"Ma è il fior
di camomilla!
Fattene un infuso
e rendi l'anima
tranquilla!"

L'Amleto
intorno s'aggira
e ad ogni angolo
vira,
col teschio sulla mano.
E io: "Che villano!
Per carità, vacci piano!
Non vorrei
veder di notte
quelle ossa belle e rotte!"

Ma il dubbio nella testa
gli impedisce di far festa.
A tratti
mi crede suo padre
e si appende alla trave
per rimirare
dall'alto della stanza
quel che crede
di un fantasma
la sembianza.
Pare un pipistrello.
Mi armo
di un rastrello,
lo batto sulle spalle…
(che ossa tutte gialle!)

Fatico molto
a cacciarlo via.
Ma è un gran tormento,
parola mia!!!

L'Ultima Divina: Cristoforo Colombo

Ogni anno,
il quattro ottobre,
arriva all'alba,
e mi batte sulla spalla,
il gran Cristoforo,
il Colombo
che non ha ali,
ma ha girato mezzo…
(intero???)
mondo!

Atterra
sul mio pavimento
lento lento
(che cambiamento!);
e, ad ogni alzar del vento,
scruta e strepita:
"Terra Terra!"

Io lo invito
a bere un buon caffè.
Lui si sdraia sul mio canapè
e mi sciorina cianfrusaglie:

metalli, latta, medaglie,
giurando che sono
gemme e oro
e argento vero!

Mi conta
delle Indie
e delle belle figlie
pagane,
Pardon…nostrane…

Povero Cristoforo,
dopo tanti giri in mare,
si deve confessare…
meglio che lo lasci fare!

Crede d'essere
al cospetto
(vicino al corpetto)
della regina Isabella…
Figurarsi:
io son tanto più bella!

Mi fa gli inchini
e cento sorrisini…
A furia di navigare
ha perso la bussola
nel mare!

"Isabellina, Isabellina,
vuoi farmi
da concubina?"
e mi si inchina:
giù giù
fino a terra.
"Chi è
il più bravo
del reame?
Sono io,
che ho portato
di terre uno sciame!"
Poi si alza di botto
e pretende
un otto.

Così va a finire;
ah,
mi diverto da morire!

L'Ultima Divina: Giuseppe Garibaldi

Quando la mattina
pulisco le verze
e mi bevo
una lattina,
con la mente
galoppo.
E Garibaldi
arriva al trotto!

"Oh, sior Garibaldo,
sei forte e gagliardo!"
gli fo io.
"L'Italia è unita
o ancor divisa?
E che bella camisa,
camicia rossa!!!!
Dormivo della grossa
e ti sognavo
stanotte…
Ma guarda un po',
hai anche le scarpe rotte!
A furia di girar
per tutto lo Stivale,

poveri piedi,
ti faranno male!"

Garibaldo
è un po' spavaldo,
mi fa la voce grossa,
sguaina la baionetta
ed urla:
"Sei perfetta!
Sei meglio dell'Anita!
(seppur mai
l'ho tradita!)

L'Italia è fatta, sì,
ma che fatica!
Pare il vestito
di Arlecchino:
ogni regione
un pezzettino.
Non è che hai pronto
un risottino?"

Ci sediamo al tavolo.
E lui,
così possente,
a furia di guardarmi,
non mangia
quasi niente.

"Ma Beppe,
mio Peppino,
ti duole l'intestino?"
"Intestina
è stata la guerra!"
risponde lui;
e tra le braccia
mi stringe, mi serra,
mi torce
fino a svenimento.
E mi ritrovo,
sola,
a sproloquiar
sul pavimento.

L'Ultima Divina: Guglielmo Marconi

Se ho un problema
al cellulare,
che mi funziona male,
chiedo aiuto
a Guglielmino,
che è del genio
un campioncino.

"Giochiamo
al telefono senza fili?"
gli propongo io.
"Ma certo, cara,
ma come no,
sto ormai sulle nubi
del buon Dio!",
risponde il Marconi
all'orecchio mio.

Ci parliamo senza voce,
senza suoni,
sillabando
e un po' tremando
e quasi a comando:

"Viole, violette,
rosette,
virgolette…"

Poi passiamo
dai fiori
ai cuori,
in un dialogo
senza fori
(morse);
e tantomeno
senza errori.

Ma Guglielmino,
per chi non lo sa,
ha la mania
della telefonia,
sempre in testa,
fino alla follia…

"Ti…tele…fono
tiii… teee…

tiii…
teee…"
ogni due per tre!

Ha escogitato
un nuovo rompicapo:
per dirmi
"ti amo"
dice volàno,
per dirmi
"tesoro"
gli esce pomodoro,
per dirmi
"amore"
mi chiede le ore…

Mi fa venire
il batticuore;
allora
prendo la scopa
e lo mando
a farsi
un giro dell'oca.

L'Ultima Divina: Michelangelo

Michelangelo,
dalla faccia d'angelo,
spaccava le pietre
giù nel cortile,
con una furia tale
da farmi venire
il mal di mare.

"Oilà, figliola bella,
mi vuoi far da modella?",
mi ha domandato,
vedendomi al balcone dirimpetto.
Io dall'emozione
il mio corpo ho eretto:
volevo sembrargli adatta,
nonostante la mia stazza.

Così
sono scesa giù;
intanto
il mio cane ululava:
"Bu bu bu!".
Michelangelo

gli ha gettato un osso
e con lo scalpello
lo ha ammonito.

"Non devi toccarlo
neanche con un dito!".
(Sarà pure
il divino scultore,
ma mi ha fatto venire
un tal tremore!).

La grande opera
è iniziata,
con me accomodata
vicino alla latrina,
mentre reggevo un grappolo
di uva spina.
"Questo monumento
andrà in Vaticano!"
ha dichiarato
col martello in mano.
E giù
a spaccare pietre

con colpi da orbo
(io già recitavo
il Padrenostro,
temevo tanto
per il mio orto).

A un certo punto
mi è andata
la polvere negli occhi.
Accecata, rintronata
dal rumore,
avrei desiderato
un gentil dottore.
Ma Michelangelo,
con forza brutale,
seguitava a spaccare.
Quando finalmente
ho riaperto gli occhi,
ho visto soltanto
dei mattoni rotti.

Certo l'ispirazione
era passata;

gli ho detto "ciao"
e ho raccolto nell'orto
l'insalata.
Quando son rientrata
nella mia casetta,
Michelangelo
rincorreva una servetta.
"Dai, vieni qui!",
le diceva,
"Sei solo tu
che voglio tener stretta!"

L'Ultima Divina: Mussolini

Stavo scegliendo
i vini
alla cantina sociale
di Vignale,
quando ho incontrato
Mussolini.

La sua vista
mi ha eccitata:
ma lui,
senza parata
…e con una pelata
da far paura,
si guardava intorno
con la faccia scura.

"Dove sono
i vini d'Italia?"
domandava
con voce tonante
e un turbante
che celava
la calvizie.

"Dove sono
le milizie?
E i fasci vittoriani?
Siamo asini
o Italiani?
Marciamo
su Roma,
Roma imperiale,
andiamo
a risuscitare
le antiche glorie
del passato!".

Ma intanto
succhiava
un sorbetto di gelato.
Mi è venuta
l'acquolina;
gliel'ho strappato
di mano
e gli ho dato
del villano.

"È così
che si trattan
le signore?
Lei si rinfresca
il palato
e lascia la Divina
senza frescura
con tutta questa arsura?".

"Orsù,
prendi pure
il gelato,
tanto s'è squagliato.
Io vado
sul trattore
a mieter spighe
di grano…
in nome del
popolo italiano.
Appenditi
al melograno!".

E, trascinando
tutta la sua mole,
se n'è partito
nel giro
di tre ore.
"Vattene pure!
Sarai anche
il Duce,
ma per me
sei
troppo truce!!!".

L'Ultima Divina: Nerone

Nerone
s'è preso un acquazzone!
Sull'incendio
(si era pure sollevato
il vento),
ha dovuto soprassedere
e un punch al rum
si è accontentato di bere.

Quella sera
che aveva deciso
a Roma di
purificare il viso,
e per scaramanzia
ripeteva per via:
"Fuochin fuocherello,
incendiare
è tanto bello!",
è caduta giù la pioggia;
e tuoni e lampi
facevan bisboccia.

È venuto da me
con la corona in capo
(per essere un po' consolato),
e con la veste
profumata di bucato.
"Stasera non s'ha da fare!
Mi voglio ubriacare!"

Gli ho offerto un bicchierino,
poi ha schiacciato
un sonnellino.
La corona d'alloro
gli è scesa giù
dalla testa
ed era tutta pesta.
(Per far luce
ho aperto la finestra).

Ho nascosto
i fiammiferi e l'accendino
(nessun pretesto
per far fuochino);

poi mi sono messa in vasca
come Poppea
(bella l'idea!).

Nerone
si è svegliato:
eccolo lì
che piangeva
sul latteee versato!

"Ma come!"
gli dico io.
"Volevo farmi bella e farti mio!"
Gli cadevano
i lagrimoni dagli occhi….
E tra il suo pianto
e le gocce di pioggia…
abbiamo deciso
di partir per Chioggia.

A fare un giro
per i canali,
si evitano
gli incendi e tutti i mali!

L'Ultima Divina: Pasteur

Il Pasteur,
che salta
tutti i pasti
per accedere ai fasti
della scoperta
e si muove
tra alambicchi e bacilli
(ma quanti cavilli!),
ieri ha deciso
di giocare a birilli.

Mi aveva punta
un'ape
ed ero in cerca
di pomate.

Lui ha lasciato
il suo laboratorio
e, recitato l'oratorio,
è giunto
al mio capezzale
per togliermi
ogni male.

"Ma che infezione,
ma che infezione!
Qui non basta
un'orazione!"
Si agitava
tutto contento;
non gli pareva vero
di assistere al portento.
Al portento
di una puntura da spillo…
Ed è perciò
che ha preferito
il birillo.

Sul terrazzo
è piombato
come un razzo
e con una pallina
(intanto mi chiamava
la sua malatina),
ha sbaragliato

tutti quanti...
i birilli.
Per una volta,
niente guerra
ai bacilli!

Poi mi ha aiutata
a sgranare
i bacelli,
chè dovevo
cucinare i piselli.

Abbiamo concluso
la giornata
con un passato
e una peperonata,
bevendo limonata.

Il Pasteur,
che saltava
tutti i pasti,
si è lasciato irretire

dalle mie doti
di cuoca provetta
(e ha scordato
la sua,
povera e negletta!).

L'Ultima Divina: Romeo

Sulla corda
dove appendo i panni,
Romeo,
per mal d'amor,
mi compie tanti danni.

Si arrampica,
si attorciglia,
invoca la Giulietta;
e getta su una biglia.

Per attirare l'attenzione
invia fiori
a profusione;
ma col tempo
è diventato orbo:
mi prende per l'amata
e a volte, ahimè,
non più la rosa,
ma la foglia
d'insalata!

Concia il mio balcone
uguale a un baraccone:

con la scopa
mi tocca spazzare
e tutte le erbacce
rastrellare.

Un giorno,
per rendermi amica,
mi ha inviato
un'ode e un'ortica!
"Ma Romeo,
stai perdendo il rodeo!
Non distingui più
il giallo dal blu?"

Ma l'innamorato,
pur se respinto,
non si dà per vinto:
con le mani e col cuore
s'arrampica a tutte le ore.

Ho risolto il dilemma
con uno stratagemma:
ho chiamato il gatto
dei vicini (i Caini),

che è tutto nero;
dalla sorpresa
è caduto dal pero.

La serenata
stasera è diventata
un'ingessata!

L'Ultima Divina: Ulisse

L'Ulisse,
che muove le vibrisse,
(ha dei baffoni
e un tal barbone…)
mi viene a visitare
tutte le volte
che è stanco
di peregrinare.

"Verginella Penelope
che tessi e ritessi,
ci credi tutti fessi,
che non ti vai mai
a riposare
e tieni il tuo sposo
per mare?"

L'Ulisse
si è convertito:
viene con me
a messa;
e implora,
con la preghiera,

di mutar bandiera:
invece che restar fedele,
preferisce
accender
tutte le candele.

Dopo Nausica, Circe
e le sirene,
piuttosto che
ritornare ad Itaca
si taglierebbe le ven…
le vele!

A me chiede un rifugio,
sia pure un pertugio.
E' disposto a dormire
sotto il letto…
gli basta che sia
benedetto!

Dei viaggiatori
non è più l'emblema:
invece della corazza

e dello scudo,
se si ritrova nudo,
mi chiede una vestaglia;
e dimentica la battaglia.
Scorda di ritornare
e di andar per mare.

Ma, avendolo
per inquilino,
mi ha fatto fuori
ogni quattrino!

L'Ultima Divina: Virgilio

Ero nel mio giardino,
in mezzo alla verzura,
per scappar dalla calura…
S'alza il vento
e il mio cuore s'impaura.

E là,
sul viottolo,
in veste bianca,
vedo Virgilio
che vieppiù s'avanza.

"Vieni con me
nella selva oscura!",
(cammina,
incespicando
nella mia verdura).
"No no!"
gli rispondo io.
"Sto a casa mia,
vattene via,
via! Via!"

Ma Virgilio,
bianco come un giglio,
stende un dito
e fa segno
al rosso mio vestito.
"Per andar nell'Ade,
questo colore
non s'addice!";
e poi guarda inorridito
le mie scarpe di vernice.

"Nel profondo della terra
vai pure tu
a far comunella!",
gli dico io,
voltandogli le spalle.
Ma lui s'avvicina:
"Mia piccina,
l'ora è giunta per te
di incamminarti con me!".

"Sarò nel mezzo
del cammin

della mia vita,
ma non sono contrita:
resto qui;
e così vestita!".

Starnazzando
qui e là
arrivano le oche
che fan:"Qua qua!".
Virgilio crede
che siano anime perdute;
e, dopo averle ben guardate
e ben vedute,
per generosità e pietà,
decide di portarle
nell'aldilà.

Le segue
per il sentierino.
(secondo me,
si è scolato troppo vino).
Mi metto al riparo

dietro il fienile;
intanto lui
le rincorre nel cortile.

A un tratto
arriva il cane
che abbaia tosto
come a un brutto rospo.
E' giunto l'imbrunire:
Virgilio è stanco,
sparisce come un lampo.
Dallo spavento
serro la porta,
(mi batte l'aorta!).
A essere Divine,
si rischia una brutta fine!!!

◆◆◆◆◆◆◆◆◆

PAOLA MARIA RAIMONDI

Gli strani personaggi in rima

◆

BALLATE STRAVAGANTI

INTRODUZIONE

- 1 -

I personaggi che sono entrati nel libro, dopo gli incontri dell'Ultima Divina, vi sono giunti senza sforzo, dopo aver camminato qualche passo in più; e porteranno i lettori a conoscere storie nuove, storie inusitate, fuoriuscite dalla mia fantasia come da un colorato caleidoscopio.
Sono uomini e donne strampalati, che possono vivere soltanto in un mondo immaginario; ma che mi auguro, anch'essi contribuiscano a far sorridere.

Paola Maria Raimondi

CUCINA DI COLORI

Eberardo,
che ogni sera
tiene un seminario,
scrive anche un diario,
dove annota,
in segreto,
le ricette di cucina
che ha importato
dal Perù alla Cina.
Vi prepara
pranzetti deliziosi
dai sapori preziosi.

Vi serve una porzione
di blu con arancione,
un primo con rosso primario,
un secondo di colore vario;
rosa e verde come verdura,
un'ocra bruciacchiata
e un pervinca come insalata.
Alla fine, un ottimo dessert
di giallo e di viola.

La tovaglia,
pardon,
la tavolozza,
l'ha già distesa
e lui resta
in attesa,
mentre scola
dagli alambicchi
del suo potere
bevande insospettabili
ma indecifrabili.

Non abbiate paura:
la digestione è sicura:
basta… studiar pittura!

IL RAGAZZO COL CUSCINO

Il ragazzo col cuscino
dappertutto
schiacciava un sonnellino.
Quando era piccino
sulla carrozzella
aveva un sonaglino,
ma sarà per sbaglio, sarà che era rotto,
sta di fatto
che suonava,
ma lui non apriva occhio.

La sua mamma,
che condiva l'insalata,
a vederlo dormire,
si era un po' preoccupata,
"Cosa fai, mio bambino,
sempre a dormire
sul tuo cuscino?"
Cercava di svegliarlo
a tentativi e a tentoni,
poi gli appioppava sonori schiaffoni.

Non era male
dormire beato,
ma alla veglia non era mai nato.

Dormi qui, dormi là,
era inutile cantargli ninnannà.
Venne a fargli visita lo zio,
grande signore
che lavorava a tutte l'ore.
Al vederlo così disteso
si immobilizzò, sorpreso;
fece un baccano sovrano
poi...anche lui
si addormentò sul divano.

Venne il prete
che officiò messa
e il vicinato a far ressa.
Ma il fanciullino
seguitava a dormire.
Si fecero commenti a non finire.

Allora il sagrestano suonò
le campane.
Ciò ebbe l'effetto
di mille tisane.
Una vecchina, che era piccina,
ma aveva fama di maga,
brontolò una formula vaga

che nessuno capì
e lui: dormì, dormì.
Passarono gli anni
e il ragazzo
raggiunse i vent'anni.
Neanche alla presenza
di una micidiale influenza
svanì del suo sonno
l'incontinenza.
S'alzò di botto,
senza aprir l'occhio,
tossì, starnutì
e poi ancora dormì.

Chiamarono allora i dottori
che guariscono tutti i malori.
Gli fecero una forte iniezione,
dibatterono come a lezione,
ma il loro consulto
ebbe solo l'effetto
che il ragazzo rimase nel letto.

Giunse la data della leva
e siccome dormiva,
lo dettero ammalato.

L'esercito ne fece a meno:
è obiezione di coscienza
anche questa incontinenza.

Solo al passaggio
di una puttana
che a tempo perso
filava la lana,
giunta di lì a vender gomitoli,
il suo sonno corse tutti i pericoli,
i pericoli di svegliarsi,
ma ancora ebbe voglia
di addormentarsi.

Finché un bel giorno,
al canto del gallo,
si levò di scatto.
Fece carte a quarantotto,
dettò i numeri del lotto,
così si arricchì tutto il paese
alle sue spese.

IL VIOLINISTA

Aveva un violino
color del vino,
si chiamava Lino,
profumava di tino
e suonava di fino.

Il violino l'aveva trovato
in un prato,
sotto un albero troncato,
troncato di netto:
che fosse destino
non è mai detto.
Non si è mai detto,
ma questo era:
ogni suono che ne traeva,
tutti dicevano:
"È una preghiera!".
Suonava alle nascite
e ai funerali
(giocava anche a dadi,
vinceva mica male...).

Un giorno
che suonava il suo violino
ebbe voglia
di farsi un pisolino.
E dato che camminava
col vino in corpo,
per i boschi
che stanno dietro al borgo,
sotto un albero si appostò,
chiuse gli occhi,
giacque e si addormentò.

Ebbe un sogno premonitore
(col suo violino aspirava
a diventare attore).
Si vedeva circondato
da una folla multicolore:
lui suonava
e il violino se ne scappava.
Faceva piroette, giravolte,
acrobazie perfette.

Lino nel sogno
si industriava
a inseguire il traditore,
ma invece che fermarlo,
a un certo punto,
si dava al ballo.

Ecco, che alzatosi di botto,
Lino ebbe uno schiocco,
quello che pare sia
un colpo di genio.
E perciò si mise d'impegno
per imparare a ballare, ballare, ballare...
ma quali parole pronunciare
per indurre il violino
a suonare?

Cerca e ricerca
- la fortuna è cieca -
il martedì ebbe in dono
una rosa.
Ma nella rosa c'era la spina
e, come in tutte le rose
che si rispettano,
la spina compì il suo dovere:

lo punse sulle mani,
sugli occhi e sul sedere.
"Ohibò, ecco qua!"
pensò:
"Non c'è rosa senza spina,
ma la spina
mi riporta alla rosa.

La darò al mio violino
quasi fosse sua sposa."
E, come d'incanto,
il violino,
dal cuore trafitto,
ubbidì a Cupido
e cantò tutti i suoni
di un cuore trafitto.

LA DONNA NATA DA UN VULCANO

La donna nata da un vulcano
era un autentico uragano.
Uragano di fuoco,
di fiamme, di faville,
dalla punta del naso
fino alle caviglie.

Se appena osavi dirle
una parola, rispondeva:
"Mi basta udirti
una volta sola".
Ma se il suo cuore
scoppiettava,
a fuoco lento rosolava
e se la parola l'offendeva,
potevi diventare
come cera.

Di lava aveva colore
la sua pelle,
di cenere grigio azzurro
le mammelle,
le palme delle mani brune
come biscotti,
biscotti ben cotti;

e tizzoni ardenti
erano i suoi occhi.
I capelli rossi e scarmigliati
parevano bruciati
da fiamme senza sosta.
A chi l'accarezzava, gridava:
"Scotta!"
e chi cadeva tra le sue grinfie
veniva trattenuto
con le cinghie.

Dalla bocca del vulcano
sonnolento
volava fuori come il vento.
Tutte le mattine
andava in giro,
poiché si dilettava
a qualche tiro.

Tiri burloni eruttava
alle persone che non amava;
per vendicarsi di antipatie
scagliava come lapilli
le sue ire.

Dai piedi bruciacchiati
- enormi come quelli
dei soldati -
scalzava le sue scarpe
da elefante
e abbatteva il prete,
il santo, il fante.

La sua storia
fu così:
finì per bruciare tutta
di ardore e di passione
per colui che
mangiator di fuoco
era di professione.

Un giorno sulla piazza del mercato,
dove comprava il pesce marinato,
s'imbatté con sorpresa
in una folla di persone
che facevano riunione
attorno a un tizio
che portavano in prigione.

Il giovin signore
di rosso vestito
aveva bruciato
un intero edificio
e pure il suo dito.
Questo perché
giocava con il fuoco
e si chiamava Fior di Loto.

"Oh, fuocherello,
come sei bello!"
si trovò a dire.
Poi fu presa da spire
di voluttà,
poiché anche l'uomo
avea rossi i capelli
e in fondo in fondo
parevano fratelli.
Fratelli di fuoco
più che di sangue.
Il suo animo divenne
esangue, esangue d'amore.
A lei lui
sembrava il sole.

Per abbattere
i muri della prigione
prima tornò
alla sua magione;
fece di fiamme
un bel mazzo
e ripartì come un razzo.

Scagliò le fiamme
come saette,
si alzò l'incendio
fino alle vette.
Tolse il giovin
dalla prigione,
ma, ahimè, ridotta in cenere
trovò la magione.

Così adesso
sulla piazza del mercato
lei a mangiafuoco
sta di lato.
Quando lui spalanca la bocca
per ingoiar fuoco,
lei si trova già
la minestra cotta.

Insieme vanno in giro
per il paese
e più nessuno
di sua ira fa le spese.

LA LAVANDAIA DAL CUORE BAMBINO

La lavandaia di nome Linda
aveva viso di bimba,
mani grassocce
e ormai ossa rotte.
A furia di lavare i panni,
non si accorgeva
che trascorrevano gli anni:
gli anni da maggio ad aprile,
da dicembre a gennaio,
questo era il guaio!

Non certo per vanità,
ma per il gusto di novità,
una mattina
che si avviava al ruscello,
pensò che lavare
per tutta la vita,
non era poi così bello!

Teneva sul fianco, nel cesto,
i panni del giorno.
Lì attorno, nessuno,
neppure un'ombra di orso.
Danza gitana
allora improvvisò:

al canto degli uccelli,
allo stormire delle foglie,
i suoi passi adeguò.

Chiuse gli occhi
e aprì i sensi:
il lavoro scordò,
le lenzuola ai venti.
Ventaglio fece della sua gonna,
al principe cerbiatto
s'inchinò più di una volta.
Le rane gracidarono per lei
e gli alberi intorno,
silenziosi dei.

Volteggiò in girotondo
fino a stordirsi.
"Sono giovane, giovane!"
era magico dirsi".
Ed ecco che i panni,
presenze bianche,
lasciarono il cesto
e tutte le sue stanze.
Si aprirono
all'aria, allo spazio,

con lei danzarono
un ballo pazzo.
Presero il volo
come bianche colombe
… tum tum …
batteva a Linda
il cuore impaziente
e lievi farfalle,
consone a volare,
divennero a un tratto
provviste di ali.

Necessità più più
di lavare!
Linda la lavandaia
da quel giorno
divenne più gaia.
Cuore e viso
da bambina,
partì presto.
Voi dite per la Cina?

LA MODELLA AGLI APPRENDISTI PITTORI

Sono la modella
sono bella bella bella
come una stella,
una stella del firmamento
precipitata sul pavimento.

Lunga distesa per ore,
cantatemi una lode,
poiché di pazienza
ne ho tanta
e di pose voi
non ne avete
mai abbastanza.

Cari pittori in erba,
avete proprio talento:
di ritratti me ne fate cento
e io mi lodo
e mi imbrodo
poiché beltà mi noto.
Auguri per un bel voto!

LA MODELLA SI PRESENTA

Sono divina, sono tutta fina:
gambe e braccia affusolate,
ventre piatto e volto liscio,
di grasso neanche uno striscio.

Essendo musa ispiratrice,
faccio a meno della truccatrice.
Mi spoglio dei miei panni
e me ne infischio degli anni.

Se notate qualche ruga,
con i colori
mettetela in fuga,
se trovate una smagliatura,
sappiate che ce l'ho
solo per procura.

Poichè son rivestita di pelle,
non uso le perle…
solo qualche collana
e fumo sigarette avana.

Sono un fiore esotico,
le stufette mi fan gioco.
Mi sento
come in una serra.
Posare al caldo
è cosa bella.
Quasi quasi mi prendo
un'ancella!

LA MODELLA SI CONFESSA

Per prepararmi, che lotte!
Non ci dormo la notte.
Aggiusto le calze rotte,
mi depilo le ascelle,
mi faccio un massaggio;

per cena solo un assaggio:
la linea è quella che conta.
La gonna non sarà troppo corta?
Mi cospargo di profumo,
fono i ricci ad uno ad uno.

Sono una modella
al vostro servizio,
ma che non diventi un vizio!

Se poso nuda
ed entra un tizio
in piedi mi rizzo,
mi copro con la sottana:
senza parere,
sembro una befana...

Questi sono i rischi
del mestiere,
ci almanacco tutte le sere,
ma quando si fa martedì,
eccomi pronta, sono qui!

L'UOMO DELLE CARTE

L' uomo delle carte
la sapeva lunga,
ma aveva le gambe corte.
Faceva le carte indefesso
a conti e a contesse.
Sapeva contare, cantare
ma ancor più raccontare.
Se poi qualcuno si annoiava,
la fiaba accorciava.

Si chiamava Gambalunga
e la sapeva… lunga,
ma così lunga
che sul lungotevere
ci faceva un'aggiunta.
Abitava a Roma,
aveva un asino da soma:
ogni giorno lo caricava
e al mercato lo portava.

Vendeva nespole
e sciorinava frottole.
Così la statura accorciava
e il naso… smoccolava.

Un giorno che diluviava,
capitò alla lupa che allattava.
Allattava Romolo e Remo?
Non era mica scemo
da non capire
che una frottola più grande
era difficile da imbastire.
Per un attimo andò
su tutte l'ire,
poi pregò i numi tutelari
che qualcuno chiama Lari,
usando tutti i cellulari
che gli riuscì di trovare.

Ma che baccanale!
Uno era occupato,
l'altro pareva intasato,
uno sembrava finto
e il quarto...che scompiglio!

Gli mandò a dire
che di proteggere i vivi
si era stufato
e ai lidi di Ostia
se ne era andato.

LA POETESSA DALLE PIUME D'OCA
E DALLE RIME D'ORO.

Da Linguadoca
vo cercando le oche:
di qua, di là…
Trallallà.
Oche, ochettine,
mie piumine!
Oche occucce,
morbide pennucce!
Oche ochette,
mie protette!
Qua qua, qui qui…
forse ce n'è una lì?

Sono la poetessa
dalle penne d'oca
e dalle rime d'oro.
Ogni penna un tesoro.
Una penna d'oca
una rima;
un'altra penna…
la poesia è vicina!

Le oche allevavo.
Cibo e amore davo

e così poetar non speravo.
Un giorno un'oca
mi donò una penna
e scaturì dalla mia bocca
la parola pena.
L'oca sua sorella
mi involò un'altra penna
e dal mio cuore
si dipartì
di poesia la vena.

Quando strappo una penna,
un'altra penna nasce
e il mio cuore
si pasce
di oche e di poesia.
Non è mica una mania!

Ora le oche
devo rintracciare
per avere penne
da spennare.
Ché, se non trovassi
più penne,
sai la poesia che fine!

Strappo la penna,
rinasce divina,
sovrana, fluente:
la rima!

Ecco le ochette
mie benedette!
Dammi una penna,
una pennina,
mia piccina,
dammi la rima!

Oh, ochetta dispettosa!
Se tu scappi,
come avrò la rosa?
Le oche
mi devono aiutare,
così la poesia
possa io salvare!
Che fai laggiù,
tu, bella ochetta,
che te ne fuggi
in tutta fretta?

Non ti chiedo la vita,
ma una penna inamidata
per le mie rime
senza data!
Ora, dal dottor
Pavon di Penna
corro di lena,
così gli allevierò
la pena di curare,
invece che... rimare.
Oche, ochette
mie divine,
datemi penne
senza fine!

MANUEL

Manuel dagli occhi silenti
amava i venti
e non sapeva dei suoi talenti.
Allevava serpenti
ma aveva paura dei sentimenti.

Così vicino
lo accarezzava il vento,
che ebbe dubbi solo
per un momento.

Allora decise di partire:
a terraferma non aveva mire.
Ardore e fuoco
prese il suo cuore
solo per l'aere, le nubi e il sole.

Di tutti i venti
fece ventaglio,
mangiò cipolle e pure aglio:
si calcò in testa
un cappello da aviere
e imparò subito
il nuovo mestiere.

Seguire i venti
non è poi facile.
Udiva all'orecchio:
"Baciale, baciale!"
E amò, perciò,
la fanciulla fragile
e la regina sovrana,
quando spirava
la Tramontana.

Diventò innamorato cotto
quando si alzò lo Scirocco
mentre mangiava il risotto.
Ebbe il suo bel da fare,
- prendere, stringere, accarezzare -,
col vento di Maestrale.

Ma quando si mosse un venticello
e turbinò in un mulinello,
abbracciò per sbaglio
pure suo fratello.
Lo avvertì lo Scirocco:
"Non fare lo sciocco!
Non sei mica un allocco!"

In compagnia di Maestrale,
conobbe una puttana magistrale,
Ebbe confidenza
con una signora di Piacenza;
fece l'inchino come un damerino
a una bionda dal procace sederino.

Strinse le mani
a cortigiane e mezzane,
fece il filo,
prendendole un po' in giro,
a marchese e contesse
che poi lasciò fesse.

Quando giunsero
gli alisei,
in una notte ne amò sei.
Col vento africano
a una nana chiese la mano.
Al vento primaverile
fece l'amore in un fienile.

Appena si levò
il vento autunnale

bramò una donna
fino a star male.
Se il vento era di marzo
amava con strazio,
se il vento era di novembre,
giurava:"Per sempre!"

Si invaghì,
i cuori rapì
e poi tutte tradì.
Ma, ahimè,
Zefiro era così dolce
che seguì la sua voce
e perse la rotta
per una vedova in granaglie
brava a cucinar frattaglie.

Finì per farla sua moglie
alla caduta delle foglie.
Ora a passeggiar coi venti
deve sorbirsi i suoi lamenti,
- sai che tormenti! -.

Epperò è indeciso:
ogni giorno un nuovo viso
a cui far nascere il riso
o fermarsi a terra,
rinchiuso in una serra?

IL VASSOIO ALLEGRO

Il cameriere dal vassoio allegro
diceva a tutti:
"Me ne frego".
Me ne frego di sudore e fatica:
mi basta reggere il vassoio con tre dita.

Servo di qui,
servo di là,
il mio lavoro è una danza e mi va!
Reggo bicchieri, bottiglie e limoni,
disseto la gente
che ha sete da leoni.
Dopo una giornata al mare,
vengono qui
a bere e a giocare.
Un gioco strano
avviene ogni sera:
mi fanno un cenno
e io porto da bere.

Porto anche il Porto,
se appena lo vogliono,
poi bado loro
che non si tirino il collo.

Di cose ne ho viste:
cose belle e poi brutte ,
ma, grazie al vassoio,
le reggo tutte.

L'ho imparato
fin da bambino,
quando ancora usavo il vasino…
allora era quello che portavo
e sulle piante
l'oro gettavo.
Adesso che
sono cresciuto e forte,
trasporto anche fette di torte:
torte dolci, torte salate,
non c'è pericolo
che vadano sprecate.

Al mondo a suo modo
ciascuno è goloso,
ma del mio vassoio
nessuno è geloso.

Così mi vanto
del mio mestiere
e ogni sera mi servo
un gelato alle pere.

L'UOMO DI MARE

Sono colui
che innaffia il mare,
il mare
che sa di sale
e l'onda che sale
e la profondità
fatta a scale...

Sulla sabbia mi pongo
e faccio il girotondo;
poi mi creo un angoletto
per me perfetto.

Da qui inizio il mio rito:
prima mi bagno un dito,
poi metto il piede
in acqua
e la commedia
è in atto.

Bagno il pesce
che va e che non sa
e i coralli susseguiosi
coi loro rami
un po' nodosi,

e la conchiglia così perfetta
che sta ferma
e mai ha fretta,
ché la sua porta
è solo un po' stretta,
e la medusa
che chiede aiuto
con le sue braccia alzate
e poi ritirate…

Vivevo tranquillo
e senza periglio
in quel di Marsiglia
col mare in bottiglia.
Giorno e notte
me ne stavo beato,
amando il mare salato.

Ma il mare ebbe sete
e per il sale
prese la tosse!
Per me,
fu un invito a nozze.

Presi la bottiglia,
dimenticai la flottiglia
e, piglia e ripiglia,
con l'acqua che gli diedi,
mi baciò anche i piedi.

Or bagno e disseto
l'onda del mare,
chè, un po' d'acqua
non le fa male.

Di cose strane
ne ha viste un po' troppe
e ne ha le scatole rotte:
scarpe di morti ammazzati
(veri corpi di reati),
amori consumati
o mai nati,
spiriti di annegati,
poeti a poetare
in riva al mare…
e sinuose sirene
a sospirare.

Naviganti
con la prua eretta
e giocolieri
dalla troppa fretta
che sono cascati
nel fondo del mare,
giacché
gli piaceva giocare…

Con l'acqua che gli do,
più rimorsi non ho.
Invece
che la notte insonne
danzo con Ivonne.
Ivonne
è il malandrino
che mi fa l'occhiolino
e parte con me sul mare
quando il pesce
è da pescare.

Salperò per Siviglia
col vino in bottiglia,
scordando il sale,
tutto il sale del mare…
E, se la sbornia è piena,
vivrò senza pena
la mia vita rinata
dalla sete saziata.

RINGRAZIAMENTI

Innanzitutto, come è doveroso, rendo grazie ai diversi personaggi della Storia che mi hanno ispirato.

E ringrazio mia figlia Gaia, che spesso mi ha ascoltata leggere diversi brani del libro e mi è stata di aiuto nei "problemi tecnici" col computer.

Ringrazio Chiara Fusi, per la sua generosità, che mi ha suggerito presso quale editore "provare" a pubblicare la mia raccolta di scritti.

Ringrazio l'editore stesso, Nicola Bergamaschi, che ha accettato di pubblicare i miei scritti; per la sua costante disponibilità, per le sue indicazioni, i suoi suggerimenti e la sua pazienza.

Ringrazio tutti gli amici/le amiche, che hanno creduto nella mia creatività... e attendono di leggere il mio libro.

NOTE SULL'AUTRICE

Paola Raimondi, attrice e scrittrice.

Vive e lavora a Milano, città che ama molto.

Fin da piccola, due sono le sue grandi passioni: la scrittura e la recitazione.

Dopo avere insegnato materie umanistiche nella scuola primaria (dove cura un laboratorio di poesia per bambini), si forma come rebirther e opera come assistente a diversi seminari e tiene sessioni individuali di rebirthing.

Grazie all'incontro con l'artista Giovanni Nuti, che scrive per lei il monologo in versi "Scandalosa Marquise", inizia a recitare, con successo di critica e di pubblico, a teatro o come performer.

Per qualche anno è anche modella di pittura all'Accademia Internazionale Naba di Milano.

Nel suo percorso di crescita personale, che continua tuttora, consegue il secondo livello Reiki e il diploma come Comunicatrice con gli Animali.

È anche channeller, ricevendo e trasmettendo messaggi dall'Oltre.

Ha partecipato come relatrice al primo Congresso di Teatroterapia, curato da Salvatore Ladiana.

Contemporaneamente si forma come Giornalista Pubblicista e scrive in qualità di redattrice sulla rivista online "Punto e Linea" recensioni di spettacoli, film, con-

certi, mostre d'arte, seminari di crescita, eventi culturali.
Il piacere di scrivere si riversa nella stesura di poesie,
racconti, filastrocche per bambini e non, ricordi auto-
biografici, riflessioni di vita.
Un racconto "Il verde e gli innamorati" è stato inserito
nell'antologia di racconti "Il verde e Milano".
Tiene laboratori di scrittura autobiografica al femminile.

TRE PAGINE SPECIALI

PAGINA "LE RADICI"

Dedico questa pagina ai miei Genitori

Quale modello di virtù ed esempio da seguire, se non - per primi-, i miei genitori?

Da loro ho avuto vita, la linfa che mi ha alimentata e da cui, consapevolmente o no, attingo costante nutrimento.

Ora che più non sono su questo piano fisico, ora che il ricordo si fa trasparenza e luce, più mi accorgo di conoscerli, più mi sento di ri/conoscerli, nella loro preziosa unicità.

Mio padre e mia madre erano persone semplici, di quella semplicità naturale che scorre come un calmo fiume nel percorso turbinoso della vita; una semplicità che a volte sorprendeva, ma sempre rassicurava, a cui tornare.

I miei genitori erano sobri di quella sobrietà che dà valore a ogni cosa, che si accontenta di poco, che non pretende, che permette di gioire delle "piccole" autentiche gioie della vita.

Erano persone compassionevoli, pronte ad aiutare, a sospendere il giudizio.

Da loro ho appreso l'orgoglio dell'onestà, la fermezza della coerenza, la fedeltà ai valori autentici; e la gentilezza, che porge agli altri la mano e il sorriso.

Mio padre e mia madre erano belli e amavano la Bellezza, con stupore e contentezza.

Anch'io ricerco la Bellezza, la rincorro, attraverso il mio "fare" artistico.

Sono loro grata anche per questo.

La pagina "LE RADICI" è dedicata a uomini e donne di valore che hanno influenzato positivamente la vita dell'autore e vengono riconosciute come "maestri", modelli di virtù ed esempi da seguire.

PAGINA "IL TRONCO"

Dedico questa pagina a tutte le associazioni che sono attive per la tutela e contro la violenza alle Donne.

Uno dei libri fondamentali, per me e per tutte le donne, è sicuramente *Una stanza tutta per sè* di Virginia Woolf.

Il titolo nasce dalla convinzione dell'autrice che alla donna, per scrivere - o per esprimere la sua arte - necessiti uno spazio tutto per sé: e, metaforicamente, la libertà di essere se stessa.

Questa stanza rappresenta l'istanza, per la donna, di avere uno "spazio sacro" tutto suo, che non venga violato da intrusioni e/o opposizioni.

Fin dal periodo caldo del femminismo ho sempre rivendicato i diritti disattesi delle donne.

Ma quale è il diritto fondamentale, inalienabile di ogni donna? Il diritto al rispetto, il diritto alla custodia e alla libertà del proprio corpo, che altro non è se non la "forma" dell'anima.

Per questo, mi sono particolarmente care e sostengo da sempre tutte le associazioni - e le persone che vi lavorano - che operano contro la violenza alle donne.

** La pagina "IL TRONCO" è dedicata ad associazioni a cui l'autore del libro è legato.*
Le associazioni sono considerate da Edizioni We il tronco sano e forte della società contemporanea.

PAGINA "IL FIORE"

Dedico questa pagina a mia figlia Gaia

Il fiore che è sbocciato nella mia vita anni orsono (quando? La Bellezza è fuori dal tempo...) è mia figlia. Di tutti i fiori che hanno profumato e colmato di grazia il mio cammino, Gaia è il fiore più prezioso, il rubino rosso del mio cuore.
Si dice che i figli devono andare avanti, sorpassare i propri genitori nel raggiungimento di una realizzazione più completa.
Così è, infatti.
Ritrovo in mia figlia ciò che in me è rimasto "in nuce", che ho avuto l'ardire di sognare.
Lei è il mio futuro, il pieno compimento, quell'andare sulla luna, mentre dalla soglia la saluto in un abbraccio.

** La pagina "IL FIORE" è dedicata ad una persona capace, innovativa e portatrice di sani valori, la quale, attraverso le parole dell'autore, viene incoraggiata a procedere senza paura e con etica nella ricerca dei propri obiettivi.*
Tale persona viene riconosciuta come modello di virtù ed esempio da seguire.